U0009625

LOCUS

LOCUS

LOCUS

LOCUS

catch

catch your eyes ; catch your heart ; catch your mind……

catch 10

在地球表面漫步

作者：張妙如

責任編輯：韓秀玫

美術編輯：何萍萍

法律顧問：全理律師事務所董安丹律師

發行人：廖立文・出版者：大塊文化出版股份有限公司

台北市105南京東路4段25號11樓 **讀者服務專線：080-006689**

TEL：(02) 87123898　FAX：(02) 87123897

郵撥帳號：18955675　戶名：大塊文化出版股份有限公司

e-mail:locus@locus.com.tw

行政院新聞局局版北市業字第706號

總經銷：北城圖書有限公司

地址：台北縣三重市大智路139號

TEL：(02) 9818089(代表號)　FAX：(02) 9883028 9813049

排版：焌晨電腦排版有限公司

製版：源耕印刷事業有限公司

初版一刷：1997年10月

初版 6 刷：2002 年 1 月

定價：新台幣150元

漫步在地球表面

作者◎張妙如

目錄

脫離歌舞團的那一天，我簡直快樂地如飛雲霄，每天對著鏡子演著我最愛的歌仔戲，幸福得好像重生。誰說小孩子單純的？我的社會經驗早在國小就開始了……

「我的賓士就交給妳了，司機也供妳使喚。」老闆老謀深算，算出了我的心事。我猜我當時的眼睛，一定閃出了少女漫畫的星光了……

我曾經愛上一個愛自由的男人，因為他愛自由而愛上他，也因為他愛自由而終究失去他……

財務收支表，林家女兒婚嫁，禮金壹仟伍佰元，趙家××奠儀壹仟伍佰元，××號沈查某，購買清潔用品三十八元……

姊姊去維也納，回來後，我第一個搶著打開她的行李箱。「啊！維也納的氣息！」我將臉湊到行李箱的縫隙裡猛聞……

妳唯一一次寄來的照片，上頭除了妳，還有偶然被攝入的陌生人。我曾翻看過一本雜誌，有一頁拍的是街角一隅，還有一隻偶然經過的貓……

自序

每當想到宇宙究竟有多大的問題時，就連帶想到自己的渺小。

可是寂寞或痛苦時，自己便又擴大了，天大地大沒有自己的煩惱大。難怪了悟總從不堪中。

我常想，我在做那些事時，別人又在做什麼呢？地球有多少人呢？把自己一生走的路加起來，究竟走完了地球一週沒？我總是想著這種奇怪的事，想著想著便覺世上有趣的事情還真多！

因爲這樣，就不斷地想活下來看，看天之下，地之上，究竟有多少故事，然後開始寫自己或自己看過的故事。

大塊假我以文章。

還真巧，我的第一本文字書，就給了大塊。

有太多寫得不夠好，不過只想讓你分享故事，請大家以輕鬆的方式看這本書。

脫離歌舞團的那一天

現在

現在的我剛起床，趴在窗前的桌上，聽著街上的聲響，手不停地動著寫字。

回想以前的往事，不論遠近，恰似一場夢。有時我不禁回想，那些事真的發生過了嗎？

因爲已經過去了，顯得不真實。消逝的過去，和昨夜那場夢，好像沒什麼不同。再有什麼痛苦或快樂的記憶，皆一步步、一秒秒，離我愈來愈遠，時間一直在進行。我寫一字一句便過了剛才，你看一字一句，不知不覺中正也跟著時間前進了幾秒幾分，不必看時鐘，也可感覺一字一句正隨著時間前進。

我們只能真實地活在現在，即使剛才沒什麼，也回不了剛才。

現在、現在、現在，轉眼又成了剛才、剛才、剛才。

因爲現在一下子就變成了剛才，我有些震驚，不禁拿著筆，站起來跳了一下，隨時間跳過二秒。

可是這樣的事實，又令我有些欣慰，只要好好地過著現在，我的人生便可以多輕鬆地專心。即使難過，轉眼也成了剛才。

現在進行式。現在叫喊了一聲又過了，時間如此奇妙得有趣。

五小時四十八分的假期

他每年總會在某一天的某幾個小時，變得極爲任性。

而那時他就只是坐在那裡發呆，什麼事也不做，電話不接，人叫不理，天垮下來都不管，只像認真地在享受發呆的滋味，世事再與他無關。

這和平常的他極爲不同，平常的他認真工作，認真生活，盡自己可能地做好待人接物。當然，生活中他偶爾也會任性，但卻不至於像那個時候，那樣完全不顧任何事，任何人。

有一天，我忍不住偷偷問他，他到底爲何會有這種情況？可是得了什麼怪症？

他卻問我一個牛馬不相干的問題：「一年是幾天？」

「三百六十五天呀！」我不加思索地回答。

「不對，一年是三百六十五天又五小時四十八分！我把三百六十五天留給生活，五小時四十八分完整留給自己。」

啊！我怪叫了一聲，開始興奮了起來。

思考著是要在一年中享用這特別的五小時四十八分的假期，盡情說別人壞話呢？抑或是每天恣意地吼它個五十七秒？

身體實驗

我看著我的腳丫子，好奇特，爲什麼它長成這樣呢？

是了，生下來就是這樣了。但如果和貓的比一下呢？顯然它又極不正常。

且不論它的長相與貓何異，這腳長成這樣，多年教育告訴我，是爲了行走，可如果不是呢？

我做了簡單的行走實驗，報告如下：

用腳：可自由，且最快，可瞬間加速。

用手：有些難受，看東西角度不同，頭好似要腦溢血，呼吸加快，累。

用肩：前進太慢，一分鐘不到五十公分，且會破皮。

用身體：扭曲前進易髒，且佔地方，走不直。
結果：用腳果然對行走最爲方便。
附加報告：（軀體器官各部大略功能）
手：能寫、能畫、能拿物，能做事、能打人，極爲方便。
腦：能思考、記事、分辨，其它不明。
心：能跳動維持生命，其它不明。
眼：能見物。
口：能吃，能發聲。
耳：能聽。
鼻：可呼吸、聞味。

結論：好得很，我什麼都不缺！

再查查百科全書，我是個地球人類。

那麼，人要做什麼呢？不必我深思太多，我便被安排了上學受教育、工作。由於一切是那麼理所當然，我也自然接受，

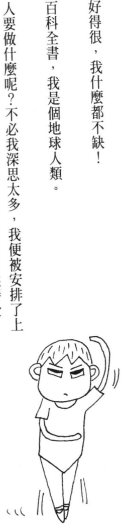

沒與人有異，安心得很，安心地過了二、三十年。

直到今天才突然發現，原來這皮囊，很是奇特，理所當然的接受令我不安，與人無異，令我不安，那腦和心剩餘的不明功能是什麼呢？

耳能聽多少故事？口能說多少心事？眼又能看清多少事實呢？

手能做多少事？腦能記多少事？腳又能走多少處呢？

可身體百器也有其生之慾望，爲了鼻子繼續呼吸，爲了放心，爲了腦無憂，耳要清、眼要明、手要快、嘴要甜，腳又要走到哪裡呢？

誰做好了實驗告訴我，我那不明的所在，人，究竟要到哪裡，又做什麼才正確呢？

成鬼

大家都說，他變成了鬼。

他開始吃人肉，吃那些死去的同伴的肉。那可怖嚇人的光景，令所有活著的同伴斥責他，怕他，不屑與他爲伍。他並不在乎，吃完了肉，又爲下一頓打算，甚至拖了一具新鮮的屍體，獨自離去。

其他的伙伴全聚在一起，已經半個月了，他們被困在這漫天風雪的山中。能賴以維生的，只有一人一天一小塊的巧克力了。大家病的病，殘的殘，皆托著一絲希望，勉力求生。當然也還有幾個身體無恙者，除了照顧著生命垂危的伙伴，亦只能默默地祈求造物主的憐憫。

不知過了多久，鬼回來了。

他帶來了救援，使大多數活著的同伴得救了。當然也有熬不到希望，終究死去的。

同伴中，只有她知道，他是爲了大家成鬼的。他將食物讓給了大家，將尊嚴給了別人，靠著死去的同伴活了下來，並救了別人。

只有她知道，真正仍把死去的朋友當朋友的，只有他。救了大家的，不只他。

未喝完的茶

我就那麼漫無目的地走著，不知不覺中，竟走到一條不知名且陌生的小巷。

靜謐。就連陽光也走得極悄悄。令我恍若置身另一度時空。

巷子之外沒多遠，不才是極熱鬧的東京原宿嗎?我左右張望，身旁正巧有一間咖啡屋，它的存在也似幻。

推門而入，正因不知這裡的正確位置，我點了一壺茶，就開始毫不保留地想你。

窗外漸漸褪去的白日，過去點點滴滴的回憶，陪我直到日暮。

置身在地球的某一角，令我感到與你相同，令我有一些奇妙的情緒，我突然有那種想證明自己曾到此一遊的衝動，因爲從此或許再不會行至此店。

除了留下自己的痕跡，也想順便將想你的情緒，留置於此。

於是我未將那冷掉的茶喝完，讓它就這麼留在這裡，當是一個證明。

那未喝完的茶，會令我時時想像著它最後的味道，讓我保有一個美好的餘韻……

小叮噹的口袋

對於金錢這種東西，我常是很沒算計的。

有了一些錢時，總是會假想，萬一還沒花到就掉了，豈不太冤枉，所以寧可先享受了再說。

沒錢時，雖很痛苦，也還頗能自我安慰，人生能體會幾次喝白水、啃吐司的滋味呢？

當然，窮途末路之時，各種幻想必然產生，內心深處非常渴望自己能有像小叮噹這樣的未來機器貓，有一個要什麼有什麼的四度空間的口袋。

就有那麼幾次，已經窮到在家撿地上掉的錢過日。因爲我的習慣不好，常常買回東西後，找的零錢就散放四處，我知道

家裡的某些小角落，一定會有意外的驚喜等著我。

果然，我常常靠那些小驚喜熬過數次危機，這種狀況在我身上可說是時常上演。我不斷地靠自己從前的懶散接濟自己。

然而有一天，最慘的狀況發生了，地上除了垃圾、衣服，再沒有半毛錢。那時我餓得有些空虛，隨手拉了一件薄外套裏在身上，賴以慰藉。

我不知如何是好，雙手也有些發慌，只得往口袋裡擱，神奇的事情發生了，薄外套口袋中還有以前遺忘的三佰元。

那一次我感動地認爲這三佰元是去年的我，給今年的我的神祕小禮物。

是小叮噹收到我的訊息，悄悄地借給了我，他那超越時空的口袋。

初學漫畫

之前，我其實從沒妄想過要成爲一個漫畫家的。我會踏入這一行，又是一個偶然。

之所以和它結緣，是在我自大陸歸來之後，那時因爲很多緣故，我離開了原來上班的服裝公司，因爲想要休息，便沒有立刻去找工作，整日賴在家中吃閒飯、看漫畫。

某天，看到一本漫畫週刊，上面有一個應徵啓事，有個國人漫畫家在徵助手，直到那時，我才開始貪婪，想要做這個對我而言充滿神祕色彩的工作的。

說實在的，我是憑什麼被錄用，至今仍是個謎。當那位前輩漫畫家領我參觀工作室，我更是大大地吃了一驚，那時候，我根本不覺得那是我想像中的工作，每個人桌上立了一盞檯

燈，一個透光檯，拿著細小的筆，在那裡細細地「刻圖」，那一刻，不知怎麼地，「工廠作業員」的字樣浮在我腦中。

我做了三天便留書辭職了。

說來原因也不少，其中一個是：某日，我聽見二位漫畫家的對話，姑且以C及H代替。

C：「我昨天看到一件印有××金鋼的T恤，一件居然要三佰元，好貴，我買不下手！」

H：「你在哪裡看到的？我上次看到的是二佰伍，我也不敢買。」

那時，C及H嘴在動，手也未曾停止畫圖。

天！我在心底狂叫，三佰元？二佰伍？我現在身上穿的高地耶都還是一件二仟多的！三佰很貴嗎？

很快地，我開始懷疑這個工作一個月可以賺多少，我開始爲自己什麼都沒能幫上忙，又領了人家一萬多的薪水感到不安。所以第三天受不了良心的苛責，辭職了。

雖離職，我仍受這個工作吸引，我開始用自己的方式創作「春麗日記簿」這個漫畫。

創作幾篇後，我喜孜孜地拿著愛作，去請前輩指教。前輩幫我約了一位編輯看我的稿。其實那時，我的圖可以說是慘不忍睹，也許會有人以爲交那種圖是很需要勇氣的，但對我而言，我以爲那已經是一部很好的作品了。編輯怕傷了我的自尊，很客氣地和我說：

「這個效果字可以寫得工整一點。」

「可是我是故意這樣的呀！」我真的以爲那樣隨意比較

好，對我而言，那差別就像機器與手工織的毛衣的差別。

我總以爲重要的不是技巧，是感情。

理所當然，那份稿子沒被錄用，我嚐試找出自己的缺點，卻是老王賣瓜，被自己的瓜所感動，那真是近乎執迷的「自愛」。

直到前年底，我重修了那篇漫畫，正式地出了第一本漫畫單行本後，有一天偶然聽到了這樣一句話：

「畫圖重要的不是技巧，而是真情。」

我正以爲找到知音，卻又聽到下一句：

「可是有時表達真情，是需要技巧的。」

深有感觸。這條路，我要學的，我想還是很多很多的。

脫離歌舞團的那一天

我國小的時候，在學校有一位極要好的朋友，那時我們好到形影不離，用盡各種方法也要證明二人友誼永固，於是我們組了一個團體叫「佳佳隊」。

爲什麼叫「佳佳隊」誰也不記得了，總之佳佳隊永遠只能有二個人，便是我和她。

誰說小孩子天真直率？佳佳隊成立沒多久便被消滅了，那時另一位同班女同學將她搶走了，並開始孤立我，如果我的好朋友不從，便也會遭受到孤立的命運，屆時，大部份的女同學都不會再讓我們擁有社交的機會。

失去了佳佳隊及好朋友後，我很快地被鄰居的小團體網羅，由於內心極渴望朋友，便和她們在一起，很快地，我又踏

入了另一個錯誤。

那時一位鄰居的女孩子王，也許因爲她有個親戚是在演藝圈的，她非常喜歡唱歌跳舞，閒來沒事便召集我們做類似歌舞團的特訓。

這歌舞團總共有四個人，一個是她自己的妹妹，一個是住我家樓上的小女孩，一個便是我。

她總會拿一首當時的流行歌曲，然後邊唱邊跳，並喝令我們一起做她指定的動作，例如大家腳勾著腳，形成一個圓圈，慢慢地旋轉，若有道具也絕對歡迎，例如拿著扇子等等。

她就這樣帶領著大家，排練了一首又一首歌舞，並且時常複習。

若有不從者，一樣會遭到可憐的命運，不但人被孤立起來，就連要經過她家，或另一個隊友家的路，都要收過路費，即使有人試圖告訴家長也沒用，隔幾天一定會遭到更大的報復，例如走路時她故意來絆倒你，或者和其他人到處講你的壞話，並且造一些可笑的謠言，例如你喜歡×××等等的，這些真是造成我莫大的困擾。

我不止一次要求母親搬家，母親總問我爲什麼？其實那個時候根本說不出口，因爲我覺得一切蠢斃了，即使是大人也會哈哈笑的。

就這樣我們一群人練了近兩年的歌舞，直到那位女孩子王升了國中，才停止了這愚蠢的排練。

脫離歌舞團的那一天，我簡直快樂得如飛雲霄，每天對著鏡子演著我最愛的歌仔戲，幸福得好像重生。

誰說小孩子單純的？我的社會經驗早就在國小時就開始

了，如今我還沒忘記其中幾套歌舞呢！

啊！賓士

相信

你不相信的事，可能發生了而你也不自覺。

十七歲那年，我讀的是教會學校，它有個美麗的外國名，叫聖法蘭西斯。

每週我們會有一堂宗教課，專門談論有關基督教、天主教的一些故事及教義。記得那時，宗教老師一再強調真主只有一個，便是耶穌基督。當時的我，怎麼也不能接受這樣的論點，雖然我沒有宗教信仰，可是對我而言，那樣堅定地說真主只有耶穌，似乎太過獨斷，果真如此，那要置釋迦牟尼於何處呢？且不管有人藉宗教之名行詐騙之實，各個宗教的本意莫不是良善的，何獨耶和華才成得了唯一的真主？

那個時候，我很是排斥這堂宗教課，尤其唱聖歌、望彌撒這種事，都令我覺得蠢極了。

不過有一天，當宗教老師再一次賣命地說著耶穌是唯一的真主時，我居然有些相信他。

同學中有一個人常講這樣一句話：說謊說十次會變真的。

我的意思倒不是指耶穌說謊，而是當一個人肯替你背負，幫你分擔無依及傷痛，又不求你回報，這樣的人，該是個好的。這樣的人，堅定地向你伸出十次手，如何不信他呢？

如果他不夠堅定，不夠堅強，你又如何敢信他呢？

爲了要你相信他、依靠他，而堅決要你相信主是唯一，也夠偉大了。更何況，要別人相信你，除了自己要相信自己，更是要讓自己夠堅夠強，承受得了別人，也是一點都馬虎不得的。

我相信，沒有如此偉大的胸襟，是無法成就偉大的事業。

人多少需要依靠，多少需要精神寄託，因爲是人，便會有脆弱的一面，宗教的用意在於此。

你可以不相信他，但相信，如同使我們多一份勇氣與力量，使我們多一份支柱，相信良善，沒什麼不好。

當然我並沒有成爲教友。但我願相信在孤苦之時，會有人陪我走過，不論是主，或是佛。

請假

第一次請假是在國中時，當時因爲沒有準備好隔日的考試，千跪萬拜地哀求媽媽打電話給老師，假稱病假。

等假請到了，雖然免不了一頓刮，可是也覺得自己賺到一天難得的幸福。那種幸福就好像去買東西，老闆忘了收錢一樣，心裡很知道自己不對，可是又真的忍不住歡呼一番；曾和朋友談論過此事，朋友取了一個名字，叫「道德放假日」。

道德放假的滋味固然美好，但如果確認了自己躲過的災難有多大，那就更加覺得值得！可是往往請假後的查證，卻都意外地，並沒有自己想像中那般嚴重。

假藉各種理由逃避現實的結果是事實並非自己預料的那麼可怕、難熬。這結果，對請假的我而言，是一種要不得的損失

心態。

「哎！早知道，應該留在模擬考時請的……」

哼！早知道？現實只有一句話，叫做「世事難料」！

世事難料，我怎會料到那張我以爲只有四十分的考卷發下來卻是九十分，不活到最後，又怎能確定這一生一定不好？

難挨的壓力，請個假就是了，看看自己以爲的痛苦是怎麼一回事，然後你會發現我們的確不適合做一個預言家。

我的志願

因爲常做一個夢，夢見自己回到了學校，不是考試卷寫不完，就是老師問的問題答不出來。因爲常做這個夢，使我想起十八歲那年的志願。

那時我非常非常渴望當一名教師。

可惜，偏偏我書又唸得不如何，要成爲一個老師這種志願對我來說，簡直是個夢想。

可是高中那年，有這麼一個類似的機會出現了。那天，教官告知班上同學一個投筆從戎的機會，我當時興奮極了，老師和教官二者之間，好像差距也不算太大。於是我立刻就幻想著自己成爲一名熱血沸騰的教官，每天在朝會時告訴學生們一些人生哲理，而學生們也因此非常崇拜我，甚至是學校的不良同

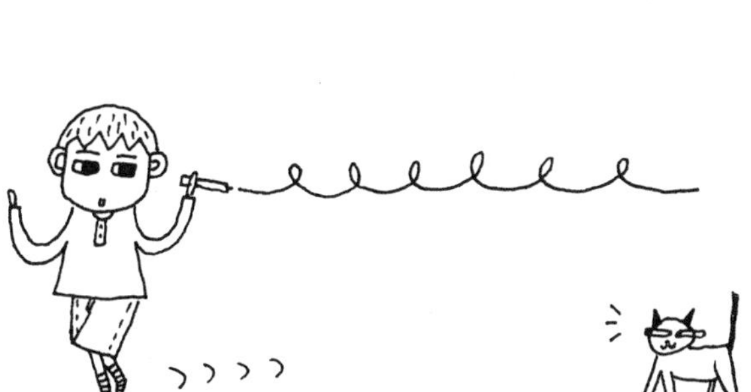

學皆被我感化，大家都是熱血沸騰地唱著軍歌，一邊唱一邊誓言收復國土。

我非常滿意這樣的選擇。於是當天下課我便告訴我的死黨，我要投考軍校，加入國民黨，進可保家衛國，退可培育一群愛國且優秀的好青年的這種理想。說完後又覺自己一人勢單力薄，我更鼓動死黨們和我一起報考，爲國家民族盡一己之力。沒想到，她們都被我說動，答應我回去與家長商議看看。

我自己則更是自那一刻起，腦海就不斷地重覆著不關空軍的事的空軍軍歌，而內心更不斷地暗暗唱著和絃。因爲要報考軍校需得到父母的同意，老爸聽到我的志向後竟抵死不從。

「妳要去當兵?先從妳房間做起吧!像妳這種過慣邋遢生活的人要去當兵?哼!別害我到時候還要拿錢把妳贖回來!」他居然澆我這種冷水，我不敢置信。

由於爸爸向來說一不二，我明白他的決絕，但卻不能相信他會如此不愛國，便和他大吵了一架。

「妳如果堅決要去，我們就斷絕父女關係！」父親被我纏得忍無可忍，終於使出獨孤劍法，敗中求勝。

我則哭得說不出話來，內心感嘆父親的糊塗。爸爸呀，你真是太自私了，爲了「女兒」私情誤了國家大事！

那一晚，我哭足一夜，隔天上學時眼睛腫成核桃。

而我那些死黨卻似真心被我感化，雖然她們也沒得到父母同意，卻一直鼓勵我再接再勵。於是我和父親直吵到報名截止。

我終於還是沒去考。其實就算父親答應了，我的視力也還是不合格的，我只是不甘心敗在這種人爲因素的阻撓。

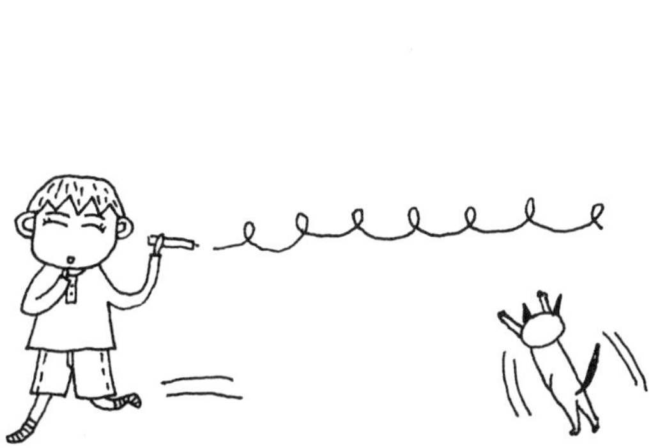

那一天，死黨們爲了安慰我，和我約定在二十歲成年後，大家要一起加入國民黨，盡一份棉薄之力，甚至在畢業紀念冊上互相留言，信誓旦旦。因爲這樣的一個約定，我才稍稍平心。

可是二十歲那年，大家都不再提起，連我自己都希望如果可能的話，她們能一輩子別再想起那顯得愚蠢的約定……

高跟鞋

小時候總喜歡偷穿媽媽的高跟鞋，偷擦媽媽的化妝品，想像成爲大人的那種神祕的滋味，夢想便從那時開始了。

在出社會的第二年，我穿上生平第一雙自己的高跟鞋。其實穿高跟鞋的滋味並不好受，甚至可以說是折磨。可是開始時，仍覺新鮮有趣，覺得自己的腳丫子在溜滑梯，並且永遠停留在溜滑梯中最快樂的一段，不上不下。

那時，彷彿只要踩上高跟鞋，我就停留在快樂中。

然而，也不知從什麼時候起，我不再穿高跟鞋了。

每天忙著工作，忙著過活，各種束縛悄然而生，各種壓力翩然而至，過得不上不下。就如同穿一雙高跟鞋。

大人的世界不再神祕，高跟鞋的滋味不再有趣。

可是那天，我拿起自己那雙久未再穿的高跟鞋，突然有股衝動。於是我化了個妝，踩上高跟鞋，決定出外散步。因爲覺得自己和平常不一樣，精神了起來。

我就這麼走了一段路，完全沈醉在有些痛苦又有些興奮的情緒中，有些莫名。

不久，我駐足在一個小公園，看著在公園內溜滑梯的小朋友。

想著想著，也突然有些明白了。

或許因爲孩提時的快樂再不我與，或許因爲能穿高跟鞋，一生也只有這麼一段時光了。

……又或許，我其實只是想好好地走過孩提時的一個夢想罷了

有名字的貓

「北鼻」是我家養的貓的名字，當初會取這個名字給牠，是因爲撿到牠時，牠非常不健康，我期待牠有一天能像「櫻桃小丸子」中的花輪，很自信地說著「嗨！北鼻——」

我們家養貓的歷史大約有二十年了，嚴格說起來，我自己真正養過的，只有二隻，一隻是北鼻，一隻在國小三年級時。

我記得那時正值嚴冬，有一天隔壁家的小朋友跑來告訴我，她們家樓梯間有一隻小貓很可憐，我去看過後，當場便將這隻小貓抱回去。那隻貓很小很小，眼睛還未張開，母親見了，不許我養，說牠活不了。但我不顧父母反對堅持將牠收留住，我用自己的零用錢買牛奶給牠喝，更怕父母趁我上學將牠丟棄，便用一只布袋，天天裝著牠提去上學。由於牠的眼睛一直沒張開，十歲不到的我，實在不知該如何照顧牠，只能盡我所能，讓牠不至挨餓受凍。

我就這麼耐心地提著牠上了一個星期的學，偶爾牠也會突然在課堂中咪咪叫，幸好，牠的叫聲並不大，從未被老師發現。

直到星期六，由於學校只有半天課，又值寒流來襲，我千哀求萬哀求，求母親代我照顧牠一上午，下了課我會立刻回來，母親拗不過我，只好答應了。

一整個早上，我無心上課，心中一直掛念著小貓咪，等到了下課鈴，我更是飛奔回去，心中還慶幸將小貓留在家中，外面實在太冷了。

可是回到家，我見到的是小貓的屍體，就那樣安詳地躺在冰箱後。

我立刻責怪母親，然後，我聽到了爸爸將牠丟至陽台，母

親發現了立刻將牠移到冰箱後面的細節。雖然冰箱後面比較溫暖，可惜仍是遲了，小貓仍是抵不過寒冬死去了。

我不曾忘記自己無理地哭鬧過。雖然我不是不相信母親所言，小貓既然眼睛不曾張開，死亡是免不了的結果。可是那時的我，難過得無法釋懷。小貓咪死了，連個名字都還沒有。

在那之後，也許母親爲了補償我的傷害，我家再沒停止養過貓，可是我卻再也付不出我的感情，我害怕那種傷痛的滋味，和一律叫著「咪咪」的貓，我始終維持淡淡的交情。

直到北鼻再度出現，一樣的寒冬，一樣不健康的小貓，一開始我便沒打算養牠，如果不是室友那一副放不下的態度，我幾乎忘了國小三年級的自己。

也許，我註定要從這個悲傷的記憶站起來。我們帶回了北鼻，並且開始照顧牠，我一直以爲牠也養不活的，雖然我仍是盡心盡力，一如從前。在照顧牠第三天後，我們將牠送去醫院，那天晚上，我突然感到難過。原來一個空碗，一個便盆，也可以令人如此感傷。我神經質地洗起北鼻的碗盤，不是因爲認定牠會死，而是等牠再回來用，用乾淨的碗，上乾淨的廁所。

五天後，北鼻出院，其間，我雖天天都去醫院看牠，但對牠的出院，仍感到非常非常地快樂。

如今北鼻已然成爲我們的大姊大，每當看著北鼻時，我總會想起那隻死去的小貓，而每當見到逗留在我家附近的野貓，我也總會替牠們偷偷取個名字，即便是像「小可愛」這種土呆了的名字。

或許我總覺得有名字的貓，是一種動物和人類友誼的象徵吧！

但願那一隻來不及取名的小貓咪，會知道牠後來有個名

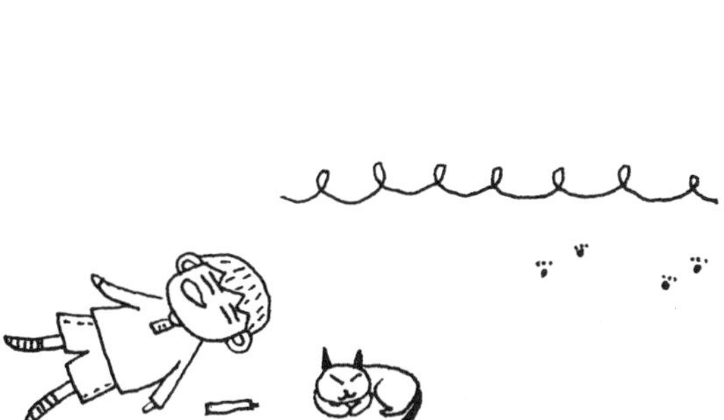

字叫「祝福」……

北鼻的媽媽

北鼻是我和室友撿回來的流浪貓。

將牠養成一隻健康的小貓後，牠便一直跟著我們過活，由於我們住得高，所以從未讓牠外出過。

有一個晚上，我下樓去買東西，因爲較近的商店關門了，我只好走到另一家較遠的商店。回去的途中，我走得有些疲累，突然出現的貓卻嚇了我一跳。

那可不是我家的北鼻嗎？

我正驚慌北鼻怎麼溜出家門又走了這麼遠，可是再仔細一看，那並非北鼻，因爲牠比北鼻要大些，而且牠懷孕了。

可是若不是北鼻，花色怎麼又一模一樣？白色底，二耳及尾巴全黑，身上有個類似「花」字的黑塊，位置一點不差，連後腦的黑塊亦完全相同，這種花色並不普遍。

這可是北鼻的媽媽？正當我這麼想時，牠卻加快腳步逃開了。我有些訝異，這麼巧？我居然遇到北鼻的母親！雖然貓並不知道，我仍然小聲地向牠說，你女兒現在正由我領養呢！而且牠已恢復健康。

牠並沒有戲劇性地回過頭。

回去後，我當然將這件事告訴了北鼻，可是北鼻只是纏著我，要吃貓罐頭，一臉茫然地咪咪叫。

算命師

人說，我長得一臉精明，可我也有迷惘之時，我想這點妳最明白。

一如那年，我誇妳堅強，妳回了一紙信給我。妳說妳並不，只是堅強了一次，受誇了，爲了要符合這讚美，爲了不令人失望，堅強了一次，便只好堅強下去，畢竟堅強也沒什麼不好。

那年，我出差到福州，福州的某個廣場一角，有一個算命的老頭，我就這麼讓他爲我看相。

「自小離鄉背井……」

我只聽懂了第一句，他算的，可是他的命？聽他的口音，

也是個外來客，外省口音總令我難辨，不知道他們在說些什麼。

那也不打緊，反正我的目的也不在算命，天知道我發狂的寂寞，只想找個人聊聊，甚至是聽人對我說說話，也是好的。

我算過的命，不計其數，患在心病。但，久病成良醫，我或許也能算算你。

看你知無不言，言無不盡，難道同是天涯寂寞人？

看你滄海在眼，桑田在心，難道你身不由己？

身不由己，也是好的，爲家爲子？身本來就不該只由己，我還做不到身不由己。

我會算命？我只算自己的命。

算準了哪裡可以丟棄寂寞。

啊！賓士

交通工具是很方便的，尤其是到遠距離的目的地。

我卻有一次乘車的慘痛經驗，而且是在豪華嶄新且有配備司機的賓士車。

對一個平凡小康家庭出生的我，這等風光即使是曾幻想和多金又帥的公子戀愛，都還沒想過這樣的細節。

那次我出差到上海，由於老闆要回加拿大，便交代我去大陸的毛呢廠尋找秋冬服裝用的毛料。正值炎夏，有錢還只能買到溫熱的雪碧，更別說要我東征西討地去做這苦差事，需知大陸地廣物博，工廠無數，我暗自叫苦。

「我的賓士就交給妳了，司機也供妳使喚。」老闆老謀深算，算出了我的心事。

我猜我當時的眼睛，一定閃出了少女漫畫的星光了。

老闆走了後，我不再在乎酷暑，用了多層次的穿衣手法，只爲讓自己看起來像有品味的富家女，配得上那有司機的大賓士車。反正有冷氣，怕什麼。

在位於和平飯店的辦公室中，我很具架勢地指揮員工，讓他們將我要用的資料搬上車，很是迫不及待。正在大家搬完東西，拉下後車廂門後，警報聲突然大作，在我心中劃下一道不祥的預感。

「怎麼回事？快關掉它？」我仍做姿態。

「我……我不知道怎麼關……」司機不知所措地看向我，他身上的一身富豪人家的司機行頭，還是他新官上任時，我被

授命親自打點的哩！頗有個樣子。啊！都什麼時候了！我還想這個？

他看著我，以爲遠來的和尚會敲鐘。他不知怎麼關？那我這個冒牌富家女又怎會知道？這可是賓士車耶！如果是中華多利我就試試看。

「我們等等看好了，看它會不會停。」我的一絲期盼，終於在半小時之後落空。

十里洋場，車水馬龍，警報聲也昂揚。我擔心不知何時會冒出個公安，送我一張罰單，天！我都還沒坐上去呢！

收拾起失落的心情，好歹我也是個女強人，眼下最重要的是分析情勢。與其讓公安來找我麻煩，不如讓他知難而退，如果他真有本事把這噪音弄停，罰單算什麼？花錢消災嘛！我還沈溺在富家女的情節中。

於是我擺出精明幹練的態勢，讓司機去把那個在外灘指揮交通的公安請過來。

豈料那公安看了一會兒，也沒敢動手，喝令我們將車速速駛離，連收罰單的機會都不給我，好個精明的公安，我暗自佩服。

一陣商議，加上公安催促，我們只好決定暫將車子開到離機場不遠處的虹橋迎賓館，那是我們下榻的地方。

我步入這期待已久的座位，想像中，它該是流洩著鋼琴或小提琴演奏的貴族般的旋律，此時它卻是以一聲又一聲持續不斷的噪音迎接我。

於是車子就像鳴著響聲的救護車，一路被人好奇地張望，我則像置身其中的病人，慘綠著一張臉。事情畢竟還沒結束，

該如何停止這警報聲，我一路上期望有任何一個公安將我們的座車攔下，我好無助地求他。但，每個公安卻似有神通上身，理也不理。而車子駛入寧靜的使館區時，我如坐針氈，好幾次想命令司機停車，奪門而出，做個無事的路人甲，證明自己與車再沒相干。

雖不能至，心嚮往之。我終究還有同胞愛，無法扔下祖國的司機同志，讓他陷身於水深火熱中。

漫漫長路，也有盡頭，但車子並未因已停在虹橋迎賓館，並未因已熄了火，而停止哀叫。

聯絡了上海的賓士車師傅，他們告訴我，一週只修二天。我可以棄車而逃的，裝什麼?反正週遭又沒有多金、英俊的高幹子弟，可萬一吵得人憒而砸車呢?不成。

挨過漫長的白晝，我在上海等待溫哥華的黎明，終於用電話聯絡到老闆。

原來，需要老闆手中的另一把鑰匙才能解除警報，可是正解仍在千里外，遠水救不了眼前災。

沒關係，有道是出外靠朋友，我想起台北那個做汽車修護的朋友，憑著現代科技的電話，我練起功，現學現賣，把某條線路給剪了斷。

啊！解脫，我從賓士的惡夢中解脫、重生，人間有味是清歡。我也終於體悟了。

這個結局告訴我，人往金錢物質裡尋生，卻在金錢物質中失活。歡，往往只在簡單的事中。

無關風月

台灣的土地公

不是我自誇，我是那種即使雨停了也不會忘記拿回雨傘的那種人，然而十歲以後第一次掉東西，而且還是掉了極爲重要的證件這件事，可說是驚震了含我自己在內的張家一家五口。

那一次在大陸，我忙完了大連的展覽，要由大連搭機去福州工廠，因爲劃位櫃台不知何故遲了近一小時才開始，以致一開放後，大群旅客一下子便蜂擁而上，那情景就好似電影中戰亂時的逃難場面，大家不知在爭什麼，急於劃位。由於我第一次遇上這種情景，又加上被擠得極難受，氣向膽邊生，當場不顧對岸同胞的尊嚴，大聲地喝令他們排隊，這一吆喝，居然喝出了正義之心，益加勇猛了起來，好似自己天生嫉惡如仇，是個正義凜然之士，毫不客氣地將那些插隊之人揪回去，完全樂在其中，忘了自己只是一名柔弱可欺的女子，並且配合著不斷在腦中迴響的正氣歌，做著這麼一件維護秩序的事。

於是我寄完行李，付了超重費，便以身作則地迅速離去，讓位給下一個旅客，不過，我向外走不到十步路，便發現了我的台胞證忘了拿回，可是再走回去時，那綠色的小本子已不見芳蹤。

當我發現這個事實後，腦中立刻不斷地想起各種掉了台胞證的案例，例如A君，掉了台胞證後，從此滯留大陸；B君，成爲回不了台灣的人球，被踢來踢去……我幾乎昏眩。

然而想起我方才正義不落人後的行爲，此時此刻又怎能拉下臉追問誰人看到我的台胞證?我爲了顧及顏面，忍住淚，化身苦主C，前去求助機場公安。

沒料那位公安馬上隨我走去櫃檯隊伍旁，拉開了嗓直問：「有沒有人撿到這位小姐的台胞證？」我恨不得立刻拿絲襪套在自己頭上，但來不及了，此時每個旅客的臉，在我看來都似

嘲弄，「看！剛才那個自以爲是的人得到現世報了！」我這樣猜著。

我一直糾纏著那名公安，對方也不是泛泛之流，叫我去找播音處，說完便施展乾坤大挪移逃開了，我只能去靠播音處了。在播了十次之後，我自知再沒望了，思鄉之情油然而生，臉也不要了，坐在機場的椅子上痛快地哭了起來。

淚未冷時，突然又讓我見到了另一名公安了，我立刻狂奔過去，但這回我學到教訓，有備而來。我先打探了公安的名字，然後才道出原由，威脅他若不幫我，我便要投書給他的上級。

那倒霉的公安告訴我，一般程序是要先報案遺失，可是今天恰巧是星期天，機場公安局不上班，他亦無能爲力，無法擅自給我遺失證明，不巧，這時我要搭的班機已經要起飛了。

那名公安為了擺脫我，自斷一臂，連安檢都免了，直接帶我上飛機，我就這樣一路哭到福州。

到了福州我立即打電話給在上海的老闆，老闆讓我去找他請來的一位專門搞關係的公關幫我，但二天之後，我徹底覺悟，並從這互踢皮球的遊戲中醒來，我再次告訴自己，好歹我也是個女強人，能幫自己的，只有自己了。我冷靜地打了通電話給台北的媽媽，媽媽告訴我，她會求土地公保佑我，如果我順利回台，她要打一塊金牌給土地公，我聽完了，便默默地流淚。

然後又試了許多方法，皆告失敗，正在我開始認真地想著如何偷渡時，一位廠長出現了。

在這個曾在福州某個學校當過校長的廠長協助下，我們用賄賂，走後門的方式，終於拿到一張遺失證明，證明我的台胞證是在「福州機場」掉的。拿到這張寶貴的證明後，我興匆匆

地要去拍大頭照，以補辦臨時出境證，而福無雙至禍不單行，福州要停電二天，聽到這事，我初體驗了五雷轟頂的滋味，也終於了解自己有多愛台灣了，台灣！令我魂縈夢牽……

總之，我下令司機開車，即使離開福州也要找到照像館。終於，我們找到了一家看起來不太可靠的相館。由於我連日憂心，而那家照像館的技術更是錦上添花，拍出一張連我都不相信那是照片的照片，我直覺，就算我用畫的都比這相片更像相片。

果然，辦證件的小姐問了這一個好問題：

「這算相片嗎？」

恭禧，那小姐沒找到工作的表妹，得到我廠的工作一份。

又幾天後，我終於滿心愉悅地帶著那紙臨時出境證，要飛往香港。沒想到海關攔住了我，拿著那張出境證，問我那是什麼。

我未語淚先流，那是什麼？你們中國的東西你都不認得，我又認得嗎？你以爲那是什麼？那是一張活生生的血淚史！是什麼？

結果那張紙便傳過一個又一個人員的手，無人識得，最後，一名人員打了一通電話，證明那張紙可以出去。

「不過，這是相片嗎？」

我大笑起來，是呀！我還真不願和這張狀似靈異照片的相片扯上關係呢！好吧！我不走了可以吧？就讓中華人民共和國養我一輩子，行了吧？

哭的不行，我悲極生笑，結果這一笑，倒嚇壞了機場人員，急忙放我出去，終於我上了飛機，有再世爲人的感覺。

幾個鐘頭後，我順利地在香港轉機回台，一路出中正機場，我忍不住想趴下身去親吻腳下這片土地。

喔！台灣！台灣在那一刻對我而言，什麼都是好的，就連台灣的土地公，也是靈的！

單純與無知

辦公室裡，樂樂正將洗好的白襯衫及一條深藍色的裙子掛至一間放樣品的小倉庫中。

鄭小姐才剛服完頭痛藥，拿著杯子由茶水間走至設計室，在她經過樂樂身旁時，發出一聲驚叫。

「天！這白襯衫怎麼被染成這樣？這可是很重要的樣品吧！樂樂！妳倒底怎麼洗得？」驚嚇後，憤怒取而代之，鄭小姐當場責怪傾唇而出。

「我……我怎麼知道……要去洗時，我看那件藍色裙子也沾了些灰塵，就順便一起洗了，怎知……」樂樂雖有些歉意，但亦夾雜著委屈，她自認認真地在做這件瑣事，更主動地加洗了那件藍裙子。

「小姐，妳幾歲了？沒洗過衣服也該有深淺分洗的常識吧？」鄭小姐按不住火口，實在因這件樣本太重要了，明天發表會就要展示出來給廠商看。

樂樂淚水簌簌而下，小娟見了便走過來打圓場：

「鄭小姐，一會兒拿去洗衣店處理看看，別再責怪樂樂了，她是熱心的，只是單純了些。」

「單純？妳以爲這不該是個二十五歲的人該有的常識？」

由於鄭小姐的語氣極差，小娟亦忍不住火大：

「做什麼呀妳！全天下都該知道那該死的常識嗎？全天下都該像妳這麼知識淵博、精明能幹嗎？」

「自己怎樣無所謂，我們領了薪，該好好做事的。」

「樂樂只是個助理，她若能幹早做設計師了。」

「難道她做一輩子助理？」

「鄭小姐，妳不曾做錯過事嗎？」

「人是要在錯誤中學習，但不能太過散漫，否則無心便會成爲無知。」

「何苦逼自己到此？生活不一定要那麼時刻進取吧？況且確實有人生性單純。」

「我們生活在團體，小娟，誰想負擔誰呢？真正單純的人是老天爺給的最優人種吧！但這種人並不多。」

「我不想那麼時時算計自己，忠於自心的意願有什麼不好？」

樂樂已停止哭泣，在一旁點頭，表示贊同小娟。

「我何曾想，只是不願成爲別人的負擔罷了。」

「妳真自我，若是我，我寧願大家互相幫忙的。」

「自己都幫不了，幫誰呢！」鄭小姐露出一個苦笑。

「總是互補別人不足，才是團體嘛！」小娟亦是一笑。

樂樂不知何時早走了，鄭小姐又回了一個笑，拿下那件被染到藍漬的白襯衫，向外走去。

小娟亦回她的工作崗位。我嘆了一口氣，仍舊低頭做我那做不完的雜事，有些說不上來的感觸，在心中愈漾愈模糊。

心甘情願

我從未忘記你曾是那樣啓發我。

那年，秋風似乎提早到了，迫不及待地一次又一次地擁抱我，終於，將我掃出你的懷裡。

「先回去吧！我一會兒還要去接我女朋友……」啊！真不敢相信，你講這麼傷人的話，可以這麼溫柔，連窗外的片片美麗落葉，都成爲你的背景，連屋內這燈光，都將你的臉打得更加柔和。

「你究竟把我當什麼了？幾天之內，她成了妳的女友，我呢？」不必問你，我也是知道的，只是瞭解了，並不能立刻停止不痛。

「妳那麼聰明，不會不知道的，何苦再糾纏下去？」

「糾纏，是因為害怕終成陌路。」

你聽了這一句話，終於起身，拉開了門離去。

那門便是我的眼眶，你離去的身影便是奪眶而出的淚，往我心底流去。

愛一個人，痛也總是那麼心甘情願，不同的是，現在被留下的我，痛的是自己的心甘情願。

不知在外面吹了多久的風，確實自己的淚痕不在，我才回家去。

一進門，母親便敏感地感受到我的不對勁。

「……」媽媽一臉焦慮，欲言又止。

「……」我累得連謊言都編不出。

結果，我是笑了。

看到媽媽那百般不捨，又不敢言語的憂愁，我驚覺，有人比我更心甘情願呢！

如今，我倒要謝謝你，讓我認清自己並沒有自信做一個第一名的「心甘情願」者。

一生

有一對年輕夫婦，因爲忙於自己的理想和事業，終於決定將年邁痴呆的老父送去安養院。他們認爲那對父親而言是最好的去處，不乏有人照顧，又可在工作上無後顧之憂地全力衝刺。

人，最好不要老，老了就不值得。

我們大家的死亡前一站，便是安養院。

什麼時候開始，大家只想要追求更好的生活？什麼時候開始，國家鼓勵經濟進步？什麼時候開始，不努力走在潮流尖端，人的社會價值便低了？

我們真的需要這麼進步的一切嗎？我們只能順流而去嗎？

我們只能如此盡孝嗎？

如果一生只能活到七十五歲，前五十年爲兒女、家庭奮鬥，到老了，也不能好好享受天倫之樂，而要去安養院終老一生嗎？

果真到如今，大家仍覺得這樣的一生便最好嗎？

社會的進步只在經濟，不在人心的提昇嗎？

我不敢想像這樣的一生，所以我祈求自己別太長壽。

同在一個地球

妳說若不能名留千古，也要遺臭萬年。那年我們才十四歲。

無疑地，妳在我青澀的年少是一片炙焰的驕陽，亦照得我心湖波光粼粼，於是我們開始夢想要在這世上清楚留下什麼，證明自己曾在這裡存活過。我的生活也開始有了第一個標的。

然而妳先離開了，妳毫不留戀地離開這個我們都想離開的小島。

妳畢竟比我早見識到外面的世界，令我羨慕得連再見都未曾說出口。

失去了戰友，我是被折翼的鳥，多年來在這裡嚮往著妳飛去的天空，想念著妳。我們唯一的約定是這未修正完整的夢想，我在這一端努力修正，可我不知道妳，不知道妳是否認得。

爲了讓妳可以找到我，我努力留下痕跡，可是我又惶恐這不清楚的記號。

我總以爲這樣才能再見到妳，我們同在一個地球旅行，我希望今天那麼美好的太陽，妳也剛好抬頭看到。

外公的寶貝

外公在幾年前去世了，當時並不特別難過，只覺得那樣辛勞工作一輩子，捨不得過幾年好日子的老好人，是該好好休息了，況且外公並不是在飽受病痛之後死去，我已經覺得欣慰，覺得是天神召喚他去安息。所以參加葬禮時，我是以非常平常的心去的。

因爲要把外公移入棺木，眾親人們想爲外公找一套最好的衣服換上，可挑了半天，居然找不到一套沒補過丁的衣服。於是眾親人七嘴八舌地回想著哪一年曾給外公買過一套衣，手上也不停地翻翻找找，看此情景，沒有人不垂淚，外公總是那樣省，捨不得讓人家爲他買一套像樣的衣服。

「啊！這是什麼？」突然有人在牆上一塊鬆動的磚塊下，找到一個鐵罐子，因爲是放得這麼隱密，幾乎人人心中都猜測著這裡面是值錢的東西——即使只有一點點錢。

罐子一打開，居然是舅舅在當兵期間寫回去的一封家書，及媽媽求學時的一本習字本，再沒別的。

「不識字，留這些做什麼？」有人這麼說著。

我不忍地離開，偷偷在角落裡拭淚，這是我在葬禮上第一次哭泣，但不是因爲外公的死，死對我而言向來不是什麼，生才是！

這是多麼珍貴的遺產。我在心中這樣告訴外公，只是，大家都漸漸遺忘了……。

旅行

很小的時候，我就想過一個問題：我是誰？爲何我在這裡？又爲何有這個世界？

更長大後，這個問題沒被我淡忘，反而更引發出一些新疑問。我會懷疑別人看到的藍色是不是同我感受的藍一樣？我會奇怪世間的一些規則，是否就非如此不可？也許那時候，還沒有足夠的人生經驗讓我慢慢去體會，在別人不解的眼光中，我過著孤獨、不安的少年時期。

然而這些想法，隨著年齡漸長，隨著適應，隨著工作、忙碌、玩耍，隨著與一般人無異的生活，我幾乎不再想起它。

那一天，我拿著無線電話走進廁所，看著電話，及馬桶上的衛生紙，突然感到人類的奇妙。啊！爲什麼人類發明了這麼便利的東西呢？爲什麼我會住在這樣的房子呢？

我突然又想到那個塵封已久的問題——我是誰？爲何我在這裡？又爲何有這個世界呢？這樣想著，就好像我根本是突然間回了魂，才驚訝自己所在的空間及一切。

時至今日再想起，只是少了年少時的不安感罷了，雖然我仍不知道爲什麼！生命是如此奧妙。

當我是來地球的旅者吧！

我不一定要自己了解一切（事實上也很難），但每一天、每一天，我會學會比昨天多一點東西，我會看到比昨天多一點事物，我可以感受比昨天多一點事情。有一天，我也會帶著我的收穫，滿載而歸。

無關風月

我曾經愛上一個愛自由的男人。

因爲他愛自由而愛上他，也因爲他愛自由而終究失去他。

原來喜歡一個人的理由，也會是分手的原因。

爲什麼感情難以無怨無悔，爲什麼明明只是一場雨，在失愛的人眼中，竟是煎熬了、蒸發了，又終究落下來的淚珠。

人終究難以忘情。儘管這情是最珍貴，也最愚昧。

原來無關風月。

三十八元的存在

給媽媽的康乃馨

第一朵送給媽媽的康乃馨是白色的，那也是國小時的美勞作業。

姊姊爲此和我大打出手，大聲地咆哮著罵我不孝女，要我把花給拆了。而我則是驚聲尖叫著：爲什麼不能做白色的康乃馨？白色的康乃馨比較漂亮呀！爲什麼白色的就只能獻給去世的母親？難道它就不能代表活著的母親純潔、莊嚴的形象嗎？媽媽終於看不過我們兩人的爭吵，出來勸架。儘管媽媽一再地說她可以接受，天秤座的姊姊還是硬要我用那「聳」斃了的粉紅色做花。

可想而知，長大後我終於成了一個有「藝術家」氣息的人（只有窮的氣息）。

還記得我搬出家門的那一天，媽媽爲了怕我多花不必要的錢，把家裡可用的雜物整理了一大袋，要我帶走。看到那畫有花邊的彩色鍋，那印有「××公會敬贈」字樣的毛巾，我心中的雅痞生活開始破裂。媽媽還怕我拿不動，硬是藉口送我去車站，一路上都是媽媽在提那一袋沈重的雜物，直到我上車後，才驚訝媽媽小小的身子，竟提得了那麼重的包袱，走了那麼長的一段路。

在那之後，因爲各種機緣，我就很少有機會住回家中了。也因爲一直提高藝術家貧窮的等級，媽媽那被我嫌得土呆了的印有牡丹花的茶組，搖身一變成了我不可或缺的必需品。記憶中，那是車窗外媽媽愈來愈小的身影，和車上的我，手中愈來愈重的親情。

母親節又將到來，對於我這個常不在家的不孝女而言，我想最好的禮物是讓喜歡爬山的媽媽，逼我們一起學習使用腿部肌肉；也逼媽媽，吃吃我們那被嬌壞了的手煮出的好菜鍛鍊腸

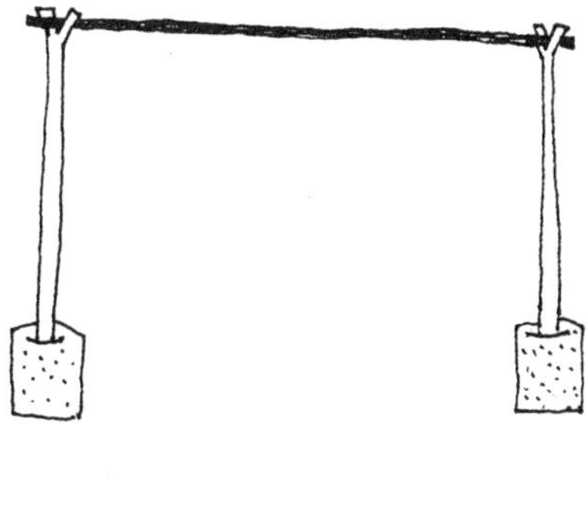

胃。因爲我相信所有的禮物，都不及一家人如往常般地吵吵鬧鬧，但團聚。

我想，白色的康乃馨雖然也很莊嚴、純潔，但今年，應該更適合送給媽媽如笑臉般喜氣的，那酷斃了的粉紅色吧……

小熊娃娃

是因爲同處在人生的灰暗期，我們才再次相聚的嗎？

「吃過了嗎？要不要我去幫妳買便當？」你的問話，打斷了我的思緒。

「排骨飯吧！」我習慣了這個口味，也懶得更改。

你總是看著我津津有味地吃著排骨飯，並謊稱你已吃飽。

「我吃不下了，剩的一半你要吃完。」我把飯盒推給你，誰也不主動戳穿對方的謊言。

我們同樣處在這山窮水盡之地。

「妳想要什麼禮物？」

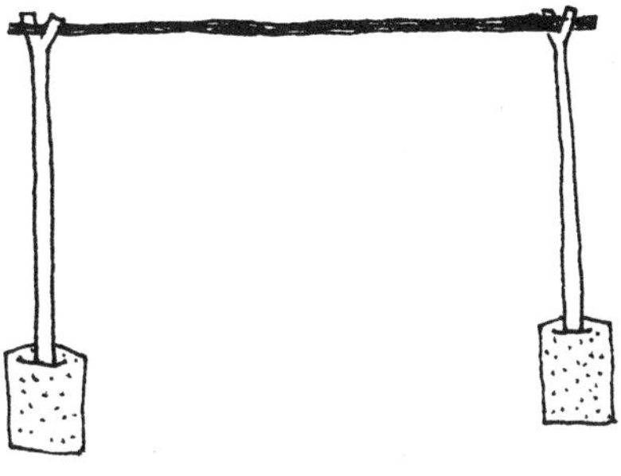

「啊？」
「情人節呀！」
「不必花錢的禮物。」
「什麼東西？」
「例如親手做的小熊之類的……」我奸詐地加注說明，怕你誤解。

為寂寞而愛的是我，我是如此卑鄙。

我終於收到你那笨拙的小熊娃娃，並看到你手上的針傷。為了自以為是的金錢體諒，不負責任地下了訂單的我，欠下了更加難還的債務。

我激動地收下小熊娃娃，並踩過你的傷口離去。

為愛而寂寞的，是你。

仔細想想，我的童年並不曾有過小熊娃娃的陪伴，而現在，這粗笨的小布熊，是如此溫暖地伴我堅定的走過那段低潮期，來到這柳暗花明之地。

我一定得走得兢兢，我一定得更加幸福，因爲有你的小熊娃娃陪我，因爲我得回報你的心意……

颱風夜

我從來沒遇過一次颱風，像那次那麼嚇人的。

那次，我也忘了是哪個颱風，我和另一位漫畫家，在一間頂樓加蓋的工作室趕稿，我一邊無意義地幻想著出版社淹水，員工都上不了班，一邊手又不停地畫著稿。突然，意外地發現工作室的屋頂開始漏水了，還好有備無患，我平常就因懶而「不小心」收集了的一些垃圾瓶罐，立刻派上用場，它們由垃圾增值爲高級接水瓶。

我一邊用這些瓶子去接水，一邊看著室內的景象。垃圾四處飛，桌椅破舊，牆邊堆滿了書，加上這接水瓶及外頭風雨大作，我漸漸沈醉在「窮而奮鬥不懈的漫畫家」情節中，於是回座拿了筆，又開始想像類似阿信的故事。

天氣似乎和房子一樣配合，這下子連我的座位都開始滴水了，我開始加快劇情，這窮漫畫家一下子成名了，出版社爲了讓他專心創作，租了一個飯店房間讓他專心趕稿。於是我當場便想花點錢，搬出去旅館繼續苦悶的趕稿，可是一方面要帶的東西太多，另一方面外頭風雨極大，根本出不了門，只好放棄。

由於座位滴水無法畫圖，我只好開始想拖稿的藉口，不過，想到一半便被電視吸引過去。也好，難得有個休息，我忘情沈迷在日劇中。

突然，啪的一聲停電了，可惡的什麼颱風，「相逢何必曾相識」那個初音到底死了沒？可正當我要生氣時，突然拖稿的理由找到了，停電嘛！這麼一想，就決定安心地去睡覺。

正當我躺在床上，繼續著莫名其妙的漫畫家奮鬥不懈的續集時，外頭突然傳來很大的聲響，接著是流水聲，因爲室內一片漆黑，我和友人奔出來也看不見發生了什麼事，只感覺風很

大，這時電又突然來了，我們一看，客廳屋頂居然被抓走了一角，大量的水不斷地灌進來。

我衝到廚房拿了一塊大板子，站在椅子上，抵住天花板的洞，水仍不斷地灌進來，風亦吹得我有些擋不住，朋友叫我撐下去，我臉上的水分不清是雨是淚，向他點頭，那時我居然有些感動，我們經歷的情節可不就是史特龍在「十萬火急」中，抵住隧道的水流那段？沒多久，朋友找來一根木棍，抵住了木板，水終於不再灌入屋內，可是風雨未停，誰也不知道下一步屋頂會不會再繼續掀。

於是我們奔回工作室，趁著有電，搶救重要的稿子，我拿了二個枕頭，放在影印機上，並蓋上塑膠袋，以防屋頂塌下來或進水，朋友亦將傳真機如此照做，這是我們屋內二樣最值錢的東西了。

我們都猜想此地不宜久留，再下去生命堪慮。那一刻我們確確實實感受到逃命的滋味，於是穿上雨依，奪門而出，逃到樓梯間，靜靜等待黎明，等待雨停風止，即使沒東西吃、沒水喝，都只是這場災難必有的情節。

災難沒有擴大，天亮後，風雨漸小了，我們回到工作室，一大堆書、漫畫都泡水了，颱風巧妙地掩飾了我們的髒亂，屋頂都破了一個大洞了，垃圾吹進來也是合情合理。

不過夢醒了，那個大掃除把我們所有的耐心磨完了。面對著一大堆待趕的稿子，我再做不了任何幻想。

三十八元的存在

那天，偶然因爲要去接搭公車坐過站的友人，發現了在家附近的眷村，匆匆一瞥，覺得那個眷村很是吸引我，於是隔日，我又去造訪了那個眷村。

矮矮的房子，一間連著一間，一排又一排，王家媽媽打罵小孩的聲音，引了隔壁林家的狗狂吠，真是雞犬相聞。比起它週遭新建的大樓，這眷村的存在，顯得極爲復古。

我就在這眷村裡的小巷逛著，不時有散步或在樹下乘涼的老伯、媽媽們向我點頭打招呼，彷彿無聲地說著「歡迎光臨！」連街邊的一隻貓，也在我通過時向我咪了一聲。天！我幾乎要覺得自己像個穿越時空的人，來到了桃花源了！賣麵、賣水餃的小店、家庭理髮、改衣服的、小小而擁擠的雜貨店，更令我覺得這裡儼然似個自治的小國。

我沈醉在自以爲是的異鄉之旅，也不忘好奇地在公佈欄上看了一看：

××之旅，一人費用一仟五佰元，月底前截止報名。

財務收支表，林家女兒婚嫁，禮金一仟五百元。趙家××，奠儀一仟五百元。××號沈查某，購買清潔用品三十八元。

我有一股莫名的興奮與感動。

對長期生活在眷村的人，這些小事大概正常得有如呼吸吧！可是對一個完全不曾接觸眷村的我，那感覺卻似另一個世界。

不知我自以爲自己平淡無趣的生活，在他人眼裡是否也新奇有趣？我們或多或少羨慕過別人的人生，可是，或許也有某個人羨慕過我們的日子。

三十八元的清潔用品，平凡無奇，在那時、那地被記上一筆，啊！我真的有些遺忘了，存在，是如此渺小卻真實。

在那年，那世紀，我確確實實在人間活過，過著不曾和任何人相同的一生。

改天，想去那個小店理個頭髮……

盛開

甚少有人在看過現在的我穿著五十元一件的T恤，用××公會敬贈的毛巾後，可以聯想到從前的我，那敗家女的性格。

那一段視金錢如糞土的日子呀，別說全身上下的名牌，就是薪水明細也夠瞧的！那時公司的四位設計師，某個發薪日的對話是這樣的：

設計師A：「哎！真慘，我這個月的薪水竟然只有四仟多，買了太多公司的衣服了，都被扣光了！」

設計師B：「那有什麼？我和C都只剩下一仟多！」

設計師C緊握手中明細，似要掐出水來，熱淚盈眶，後悔莫及，再回首已是百憐生，良久才道：

「真不該在員購後又借支的！」

設計師D，仰天長笑，久久不能自已，一輪猛攻後，眾人搶下她手上的明細，竟是負二仟伍百元。

那晚，設計師D由於籌不到房租，又有多次不良記錄，被房東下了逐客令，奈何她又真到了山窮水盡，貧賤不能「移」之境，哎！

那時的我，總是花錢買快樂，如今想來，買的不過是虛榮罷了。

可是我並不後悔，金錢於我們，並不罪惡。在那時，我的確曾享受了盛裝自己的樂趣，我的確在青春燦爛之時，全心全意開過最美麗的花。

那花，至少如今也化做春泥吧！

奇夢

我夢見我升了天，但不知死前的我是誰。

彷彿有二個人，牽引我來到一處雲海蒼茫之地。

仔細一瞧，也不是真有二個人，也沒有誰發出什麼聲音，只是一種電波傳腦，心有所感罷了。

低頭一看，連我也不再有形體，只是一團霧氣。正猶豫、不知所措時，地上的煙雲突然被風掀了一角，原來有一個個狀似半透明的卵分佈其中。有主之卵，透明中裹著明珠似的光潤，那應是休息的生命；另有幾個毫無光亮的卵，則靜待人光臨。

「下去休息吧！」一句仙音穿腦，我被吸進了空卵，失去

了全部意識。

卵中無甲子，寒盡不知年。被喚醒時，已不知世間幾度改朝換代。

我將投胎，被帶至一處雲端，低頭看，人生在地之上。

「下去吧！」

「這麼高？我……」疑慮在下墜中解除，無邊無際的恐懼取而代之，眼淚及哭聲又取代了害怕。

往常，下墜的夢，通常是腳抽了一下便醒了。

然而我聽到耳邊的人間生息，及自己的哭啼，是睡是醒？

「是個女的。」護士小姐抱過我，那是一間醫院，我猜測我現在是被生下的嬰兒。

發現了自己失去自主的語言能力後，我仍不放棄這難得的體驗，我得好好聽一聽現況發展，然而那醫生、護士及媽媽的對話，卻突然成了化外語言，我失去了辨識能力，並且頭腦亦快速度退化，什麼都不再懂，不再記得，且昏昏睡去。

再醒時，已是高中時期的某一日清晨了。

古董

我第一個買的古物，是一個清朝的茶壺。

我之所以會開始買一些舊東西，是因為太寂寞了。初到上海，又是為工作而來，每天除了工作外，我無聊得發慌，只能從報紙、雜誌，學了一個又一個簡體字。

而每每一處停留沒多久，便又飛到下一處，大陸的同事，沒熟識幾個，有空時，又已下班，大家各自散去。

偶然一日，我經過了一家舊貨店，駐足觀望，店早已打烊，一件件不知真假的古董，各自佔在櫥窗一角。

幾天後一個下午，得了空我便舊地重逛，其實真假對我，並不重要。如果是真的，那曾擁有過這個清朝的水壺的主人會是誰呢?他生在什麼樣的家庭呢?我不禁開始幻想這個古人的一切，這樣想著，就有一種脫離現實的快樂。

今人不見古時月，今月曾經照古人。我有一種超越時空的錯覺，好似連寂寞，也可以散到清朝。

如果它是假的呢?那麼假造它的，又是什麼人呢?畫上這些花卉，他又費了多少功夫呢?他又有怎樣的生活呢?

我就這樣一處又一處地飛，買了一件又一件古董，編了一個又一個故事。

那時，行李也塞滿了一件件寂寞。

老婦

那個午後，我裹著和風，在家附近的小巷隨意亂逛。

整個巷子寧靜得像是被世界遺忘，在我突然撞見了那老婦之後，周遭才回復了聲響。但老婦一言不發地坐在門前的矮凳，任陽光伸手將她臉上的皺摺刻劃得更爲驚心動魄。

突然來的觸動，令我遲疑了一會兒，才緩緩舉步，走過她身邊。

翻開皮夾，我的照片，有光陰流逝的證明。

我也終究有那麼一天，華髮覆首，皺摺披身。

那時我該是如何呢?和風想必換成回憶，讓我天天裹著去回味。

爲了那一刻，我得準備準備，我的回憶裡，必然要有甜酸苦辣，百味齊全。爲了這些味，我得趁現在去尋找，我，不願辜負這一生。

或許白雲蒼狗，但我總想盡力活得無憾，無悔。

如果人生終究要交卷，無論妳在何處，我總想和妳一起對答案。

維也納的味道

你好嗎？

我沒忘記，那個山上開滿了百合花的季節，我們的歡笑被百合花擴了音，輕輕一笑，便得到了滿山谷的快樂。

疲累時，裹著花香睡去，一張眼，又從花心裡醒來。

那樣的日子，如今想來，都仍有花的餘味。

然而，多年以後，當初的一群夥伴輾轉得知你的噩耗，聽說你病得不輕，我們因你生病重聚，見了面，卻什麼也說不出口。

又聽說，在那之後幾個月，你真的走了。

我沒忘記，在飄著細雨的一天，海潮洶湧，我們望著海天交接的海平線，想以那裡爲終點線喊話給你。可是竭盡心力的叫喊，聲音卻傳不到遠方，一張張掀著口的海浪，張開飛濺著唾沫的口，便吞沒了一字一句。人很渺小。

大家的聯絡少了，卻都很好。你呢？好嗎？

在妳心底流浪

因爲妳走了，所以我也終於收拾行囊，追隨妳的蹤跡。

可是我走過異國的大街小巷，風裡雨中，卻只是在妳的心底流浪。

我的每一個步伐，都問過記憶裡的妳。

妳來過嗎？如果妳來過，我會用力呼吸，聞妳聞過的氣息，如果妳沒來過，我會幫妳呼吸，到時候好告訴妳。因爲我希望我沒走過的路，有一天，妳也會告訴我，那裡的風光。

我一直是在妳心底流浪的，可惜妳卻不知道。

我們是在三年十一班的教室出發的，不知妳可記得？

家

我們家是開店的，也許因爲一直住在一樓二樓，從小我便很羨慕那種住在高樓，家裡裝修得如同樣品屋般有品味的同學的家。

一直到我和姊姊相繼出社會後，媽媽終於在我們家三個小孩的要求下，決定整修內部。那時我簡直高興得不得了，一心一意地幻想著房子裝潢後高雅的格調，幻想著自己從此便是貴族出身的人家。

當房子裝修得差不多時，我和姊姊、弟弟三人，開始著手佈置整容後的新居。這一動手便發現房子裡根本就堆了太多不必要的雜物，例如根本不再合穿的舊衣物，不實用又用沒幾次的家電，壞掉已久的音響、錄放影機，唸書時的課本、作業本，買來沒抱過幾次的布娃娃……等等。均被包成一袋一袋地

往所有能藏的地方塞，讓整個屋子一點美感也不存。

於是我們姊弟三人合力，用了許多垃圾袋將這些破壞美觀的無用雜物全部包了起來，丟到附近的垃圾堆放處。

然而，媽媽在偶然檢查了一袋垃圾後，又將我們丟棄了的那幾袋垃圾給一一地抱了回來，並且責怪我們太浪費，堅持很多東西「修一修」、「改一改」又可再世爲物。這個舉動簡直將我們姊弟夢幻三人組，活生生地推到地獄走一遭。結果，在一陣家庭會議後，那些雜物就全部堆到媽媽房間裡了。

可是呢！不但如此，媽媽在抱回我們丟棄的東西後，更將原來不知哪家丟的舊餐桌給搬了回來，順便「沙畢鼠」地撿了一個茶壺、一個風鈴。自此她更樂此不疲，只要在垃圾堆看到仍能用的，便使用各種讚美詞撿了回來。

於是家裡形成了一種奇特的景象，我們夢幻三人組的房間及共用的客廳是風格高雅的現代化住家，而媽媽的房間及廚房又是一副充滿「懷舊」風情的樣貌，連床單、被套都還是我們以前用的小兔子、碎花那種過氣的花色，牆上堆滿了大包小包，還掛上撿來的畫、任我們怎麼力勸都改不了她的心意。

於是我們只能各人享受各人好，各人生死各人了了。

然而，我享受了IKEA般的房間沒多久後，便因工作而離家，這一離，沒想到就很少有機會再住回家裡了。而後，那剩餘的夢幻二人組瓜分了我的家具後，我的房間便漸漸成了堆雜物的倉庫了。

自此，每當我回去，就只能與媽媽擠她那間充滿懷舊的房間去緬懷過去。

不過，或許距離真反能看清事實，媽媽那擠滿了舊物的房間，經過了時間的蘊藏，反而令我覺得有趣。每一個袋子都裝

著美好的回憶，每一個箱子都藏封著一段難忘的歲月，那間房間，在母親的堅持下，成了收藏我們一家人成長過程的博物館，不管時光怎麼改變，總有一個守護神，仔仔細細地護著。

仔細想來，我們家人最常相聚處，是那個媽媽在垃圾堆中撿回來的舊餐桌，那時，我們享受著母親給予的一頓溫暖的食物，談論著各人生活的瑣事。

那桌子就如同是母親找來的箱子，將我們的不愉快、我們的心事、我們的一點一滴，細細裝入，讓我們每個人都能在盡訴心事後，光鮮亮麗，精神抖擻地面對每一個明天。

維也納的味道

姊姊要去維也納，問我們想要些什麼禮物。

因爲我自己也常有因出國而爲親友準備禮物的經驗，所以便不要她帶什麼禮物給我。

終於，她享受了維也納近一個月後回來了。我第一個搶著打開她的行李箱。

「啊！維也納的氣息！」我將臉湊到行李箱的縫隙裡猛聞，真的好像不一樣，就好像我出差去大陸時，我總捨不得立刻打開旅行箱整理衣物，總是在真正要拿出東西時才打開，那時，臺灣的味道就從行李箱裡散出。

我終於把維也納的氣息聞完了，才把行李箱還給姊姊，心滿意足地用完了這份禮物後，腦海中盡是充滿音符的維也納。

「妳發什麼神經?剛才機場檢查行李，早就打開過了。」姊姊說出殘酷的事實。

我腦海中的音樂停了，代之而起的是自己的哀嚎。可惡的檢查行李員，搶走了我的維也納！

我心有不甘地又找了一個姊姊放化妝品的小包包。

「這個沒被打開吧?」

在姊姊搖過頭後，我戰戰兢兢地打開小包包，並立刻將鼻子湊上去。結果聞到的，都是化妝品的香味。

「算了!我的化妝品都是進口的，聞聞法國的味道也很好嘛!」姊姊安慰我。

我有些失意地拿起一條巴黎製的口紅，塗了起來……

最好的朋友

我有個朋友，她非常喜歡爬山，每到假日她必會去爬山，且風雨無阻。

我曾在她的邀約下爬過一、兩次。對我而言，那樣走著無窮無盡的山路，有的只是疲累，但她樂此不疲，看著每一處的小花小草大樹都會驚奇地欣賞、讚嘆一番。

我曾試著隨她欣賞，奈何我的眼卻分辨不出這花木，和剛才上坡的有何不同，至於風景在我眼裡更是大同小異，我甚至覺得山路每一條都長得一樣。

因爲我的體力不繼，只走了對她而言小小的一段路，便只能下山了，我有些不好意思地看著她，突然覺得她與景色融爲一體，那是一個和山一樣自得的表情。

她是真心喜歡和大自然做朋友的，所以哪怕一草一木她都能感受它們的不同，她都能欣賞它們各自的丰姿。因爲她愛接近山，山便也接受她，山給她洗了個澡，洗去她一週疲勞，卻賜給我一週的肌肉酸疼。

我的這位好朋友，便是會自垃圾堆撿回仍可用的舊餐桌的媽媽，媽媽是我最好的朋友，因爲未能達到她那樣的境界，又因爲我有些嫉妒及羡慕，所以，寫不出她的心。

牆上的名字

我在泰國時，曾去了當地一家聽說很有名的冰店，冰店牆上，讓觀光客留滿了各式各樣的簽名。

我在日本的某店，看到我不曾見過的陌生人，一個又一個的簽名，證明自己曾來此一遊。

名字代表一個人，一個名字就有一張臉。

這麼多的名字寫在牆上，彼此又大多未曾相識，唯一的交集處，只在大家都來過此，在不同時間，留了名在同一片牆。緣份真是奇妙的東西，在某一處，你不曾見過的一群人，用著各種形式，悄悄地相遇。

我拿了筆，在牆上留下名字，期待有一天，也能用這樣的方式，悄悄與你重逢。

剪髮

其實我，是非常非常希望永遠在家的，其實我，是很害怕獨自面對自己的人生的。

因爲害怕得不得了，索性就離開了家，索性就裝得不在意。

我沒忘記，那年從大陸回台，朋友對我說：

「把妳扔在哪裡，妳都能過得好好的。」

那時我笑了，我最知道自己欠缺的安全感，我最知道自己比誰都不想長大。

只是，我不能那樣過日子。那年，我在外面闖蕩了一段時日後，有天，我撥空回家，一回去就請媽媽幫我剪頭髮。我的頭髮很長，一直不曾費心整理過，大多數時間只紮在腦後。

媽媽就如我小時候那般，在我脖子上圍上報紙，稍微梳了梳我的頭，就喀喳喀喳地剪了起來。

其實，我想要找的，只是重溫童年的感覺罷了。其實，我貪戀的一直是母親那毫不猶疑的手，貪戀那呆拙卻永不過時的片刻永恆。

只有這樣，我才能夠再一次去面對未來，再一次毫不懼怕地走下去。

完美

以前，你曾經罵過我，爲什麼老要毀去自己的心血，爲什麼不努力讓一切完美呢？

我總會思考很久，完美，究竟什麼叫做完美呢？

從前，我以爲完美該是渾然天成、一絲不苟的美，不能有一點點瑕疵，不能有一點點雜質，方爲完美。

可是那一次，朋友偶然間弄壞了我辛苦熬夜完成的作品，我心急如焚，在一大堆的失敗品中，挑了幾個重新組合，那樣子，竟又比先前的作品好看了。

從此，我的完美便在破敗裡尋，就好像真理往往在絕滅、灰暗之境而生。

這樣算不算完美呢？但，這便是我的完美了。

記得你曾說過，人的一生總在彌補自己的過錯，那麼想必我們努力在畫圓。

我們必然有錯，才需補過，如果終究畫成了圓，這也該算完美了吧？

我從前將自己砸毀，並非要重新來過，人生不能重來，我只是在拼湊，終其一生，我也將認真補出一個圓來。如果我要追求完美，請讓我，成就自己的完美。

如何說再見

我的服裝設計

說起我踏入服裝設計這行，也算偶然。

雖說讀書時所學的正是本科，然而我並不以爲在校學的那一套，就真的可以令我成爲一名設計師。

猶記畢業前夕，幾個要好的同學紛紛談論著畢業後的出路，大家的志向意外地「踏實」，不是要去做修改衣服的，就是去做繡學號、打釦洞的，或幫人車車布邊、換拉鍊什麼的，旨在做個有用的人，不在成爲一個偉人。

而當時的我，猜想自己大概會成爲一名模範女工吧！

然而就在我做過車縫師、店員，而成爲餐廳服務生之後，偶然因爲要陪同一餐廳打工的小妹找工作，陰錯陽差地變成她陪我去面試服裝設計師助理。

「置身天國」是我第一天上班的心得，喝喝咖啡、翻翻雜誌竟也是一天的工作，而設計師們竟近中午才陸續登場，剎那間，昨日種種似成非，我恨不得立地成爲一尊千手觀音，好讓我可以死扒著這工作，再不放手。

在看到第一件自己畫的設計稿被做成衣服時，我更是如得道般喜悅。

原來人不該小看自己，原來世事不明，竟也包含無限可能。聰明絕頂的理論派及不上以勤補拙的行動派。

當然，在得知那件作品後來成爲倉庫中最受歡迎的之後，我才開始去學習了解服裝的心，也因爲學習，才了解自己的。

該如何才使衣服達到對人體揚善補拙的目的，又不失活動

的機能性，該如何讓服裝展現它最佳的功能？

又，該如何使自己展現最大的功能呢？對人。

那時服裝是我，我是服裝，設計服裝、設計自己。

自我

常有人說，我的作品、我的漫畫不像我本人。

對於這個問題，常常令我不知該如何回答。

記得初畫漫畫之時，得失心是很重的，所謂得失心若說起來，真正比的是一種自己的價值感罷了。

從事這種工作，我很能接受它必須有某一程度的商業性。漫畫對我而言，是個有圖有字的輕鬆讀物，我的志向也不大，不求它有多好的藝術價值，唯一的心願只希望更多人看了它，得到些許歡笑，如此而已。

對自己花了時間心力畫的東西，既付出心力，便有了得失心，在乎它有多少人看了，在乎它令多少人笑了，在乎書宣傳

得夠不夠，書鋪得廣不廣，爲了這些問題也不斷地要求出版社，爲難編輯。

能得到一點小小的成績，我一點也不覺得是運氣，因爲我知道自己付出過多少畫圖以外的心力，我也知道編輯曾下了多少苦心，如果真有一點小小的成績，我覺得那絕非我一個人的。

讀者的來信，無中生有，更讓我相信沒有付出，是不會平白收穫的。

說到底，我該是個什麼樣的人呢？

我漫畫中的人物，爲了博君一笑，她們自我地不顧別人做盡蠢事，爲所欲爲，這是故意凸顯她們個人的自我特性。現在的人，漸漸注重個人風格、強調自我，可是，有時我覺得爲了成就自我，是會忽略別人的勸言與感受的，自我，有時也是一種程度的自私。

除了本身的一些小固執外，大多數時間我是一個壓抑自我的人。如同我今天所做的一切，是結合了那麼多人付出心力共同完成的，我想，基於這點我要學的，便是不要太過自我。

分手

最好誰都不要是曾甩過我的男朋友，因爲他們都將會經歷一場恐怖的糾纏。

明明就是大家理智地說好平和地分手，而我也答應了。

可是，我會在答應分手之後還打電話給他，製造對方的壓力，也順便看看是否有挽回的可能。然後通常對方不是假裝不在，就是受不了這種折磨，顯得不耐。

那還不夠，最好他們是沒有Call機、大哥大，因爲我還會隨時隨地隨心情地「問候」。必要時，也會寫信，將我的心我的肺，用眼淚糊上郵票，新鮮送上。甚至，在對方住處徘徊，讓他知道人生何處不相逢。

一直到對方終於忍受不了，惡言相向，我才會像一隻心滿意足的貓，丟下玩弄夠了的獵物，了無牽掛地離開。

爲什麼呢？因爲如果不是這樣，我怎麼能輕易斷絕這真心？又如何能在割捨你的傷痛中，再一次割捨自己的，只求自己看清事實。

我不能接受分手的理由是個性不合。

沒有誰和誰是個性完全相融的，也沒有誰是完人，只有你能不能容忍、接受對方的缺點罷了。

真正的理由是愛消失了。消失到連容忍都沒了。

消失了，爲何不坦坦白白地說出來？我不希望分手還被騙著的。

既然殘酷，又何必僞善的謊言。

時光機

秋高氣爽，微涼的風吹著我和友人來到沙崙海邊。

我們貪婪地吸取這一片雲淡風輕，將腳埋入沙中，汲取夏日退去的餘溫，似進行著光合作用，輕輕吐露憂傷的心事。

遠遠的，一位衣衫襤褸的老先生沿著海岸邊走來，海浪似不停地在沙灘做著記號線，禁止那老先生越界。

「小姐，這沙有毒呀！」老先生走到我們面前警告著。

我和友人面面相覷，不知如何是好。

「我是一個堪輿者。」他看向遠方說著：

「這裡，戰爭時死過很多人哪！這沙全部都有毒的！」

「老先生，您在這裡做什麼呢？」友人好奇地問。

「我在等人。」老先生臉上滿佈的歲月刻痕令我注意到他右手的拐杖及左手的塑膠提袋。

「你在等誰呢？」我問他，也問自己。

老人自塑膠提袋中，拿出一張用另一種透明塑膠袋層層包裹著的照片。

「我在等她，我們約好了在這裡再見。」泛黃的黑白相片裡，有一位古典秀麗的女子。

因爲這一張久遠的相片，我彷彿搭了時光機，回到從前。一樣的海邊。

我們曾不顧聯考的壓力，大肆揮霍著比別人多餘的青春。

這沙，真的是有毒的，令我時至今日亦未能停止回憶。

「老先生，她一定會來的。」我聽見自己這麼說著。

老先生那臉上的風霜被一個微笑洗去，將照片仔細地層層包回。

「不要忘了，走之前去洗洗手腳呀！沙有毒的。」他對我們說完，便沿著原路緩步而去。

我終究沒有洗那沾滿細沙的腳，一如我未曾忘懷妳。

理智

每個月我總會花幾天煩惱錢的事，順便花個幾小時幻想不虞匱乏的生活。

一直以來，經濟已不甚穩定，屋漏偏逢連夜雨，工作又出了點差錯，害得我連幾佰元的電扇也買不起，豈知這個時候，室友竟將我們僅剩的四仟多元，拿了一仟多元去幫他的友人墊書錢。

這樣的大凶日，伴隨著熱浪，卻氣得我渾身發抖，拚命想砸東西泄憤。檯燈？不行！那檯燈我極愛的。椅子？不行！摔壞了坐哪裡趕稿？電視？更不行！壞了可沒錢再買，都沒錢買電扇了。

突然，那礙眼且沒人想整理的舊報紙入了眼簾。

「王八蛋！連個報紙也不幫忙收好！」我用力舉起那輕如鴻毛的報紙，使盡吃奶力往地上狠狠一砸，開始嚎啕大哭，汗如雨下，淚也如雨下。

這樣不知哭了多久，看著散落一地的報紙，我突然狂笑了起來，天可憐見，我居然窮得只能摔報紙！也居然能氣得如此理性。可又一會兒，想起自己連一台電扇也買不起的委曲，又潸潸落淚。荒唐之至！爲了屈屈一仟多元，哭成這樣，我實在忍不住好笑。就這樣又哭了笑了一整個下午。舉頭三尺有神明，人在做、天在看，我想眾神們一定也笑岔了氣。

室友歸來之前，我早已恢復了正常。曾聽媽媽說過這樣一句話——智慧難長，但經驗易學。啊！我又多學會一件修養。

風景

我面對的窗，有個平凡的風景，眼睛平視是對面公寓加蓋的頂樓，頂樓一角種了些花花草草。

唯一不同的是，今天是颱風天，風吹得這些植物們大幅度地搖晃。

「我覺得那些花草好像在頂樓開舞會喲！風呀，是強力放送的音樂，大家使盡渾身解數地放縱！」

「才不咧！我才覺得它們好似在求救，風是不可抗拒的噩運，大家只能拚命揮手吶喊，卻又走不得半步。」

同樣的景緻，卻有不同的想法，正確解答自在人心，我喜歡看的風景是人。

「你呀！太悲觀了，凡事都想得壞！」

「那是因爲你不是我，未曾走過我的經歷，當然不了解我對這世界的恨。」

「恨？理由呢？」

「不需要理由。」

「不是不需要，捫心自問是找不到吧？」

「是，我是找不到！它的可憎總隱藏得那麼好！這算不算理由？」

「你呀！難道不覺得就是因爲你這樣想它，便注定了那樣的命運？因爲那樣的個性、那樣的選擇，便走上了那樣的路？結果自己成就了自己的宿命。」

「你不也是？用你的想法看別人的你自己，用你的想法要別人認同你的你自己，用你的個性寫你的命運，你不也是？」

屋內的兩友人也形成了一個颱風了，那天台上的花草拉筋拉得更勤了，颱風天，我正欣賞著這風景。

人多有趣，會說話，有是非，一個人是一種奇特的風景。

糖衣

我從小就屬於那種不會吞藥丸的人，每次生病吃藥，總先挑最小的或有糖衣的開始吞，其它大顆的，不是一顆切爲數顆，便是乾脆磨成粉和水吞下去。

吞藥丸對我而言，就好像叫一般人完整吞下一顆木瓜沒兩樣，除了切成片狀吃，或打成汁喝，否則是不可能一整粒吞下肚的。

記得有一次生病，我依例吞完兩顆好吞的，然後在那邊把玩其它四顆切成十粒的小藥粒，媽媽見了，終於忍不住罵我：

「做什麼?妳這種吃藥速度，第一顆溶解了，最後一顆還沒入肚！」

「我，我在做心理建設和準備嘛。」

「建設什麼？最苦的都吃了，還怕這些小嘍囉！」說著，媽媽拿了一片切成四分之一的藥片示範地嚼了起來，「不苦嘛！」

「妳少誆我，我什麼時候吞了最苦的那片？我剛吞下的都是甜的！」

「妳別小看我，我吞過的藥也比妳吃過的鹽多！那種有糖衣的，保證是這裡面最苦的！」母親堅定又驕傲的神情，令我有些想相信她。

突然想起，那個我報了名、又繳了不少學費的編劇課，雖因自己怠惰沒上過幾堂，老師的一段話卻湧上心頭：

「我們把一些想表達的理念或艱澀的道理，放進一個吸引人看的故事裡，故事便是糖衣。」

然後我終於吞完了那些小藥片。
不知怎麼的，那天，我開始翻起「厚黑學」。

無求

我猜想她會快樂的。關於在幾個朋友的商議下，拉她一起來狂歡這件事。

結了婚、離了婚，又逢娘家驟變，這樣誰也猜測不到的際遇，讓原本天之驕女、熱情直率的她，變得恬靜了起來，她改變了很多。我覺得爲了生活，她壓抑了自己，不斷地在讓步。

在幾個用來耍寶的朋友炒熱了場子後，我們在ＫＴＶ的包廂瘋狂地大合唱，我瞥了瞥她，在她臉上看到對我而言，陌生的淡笑，跟我記憶中的她，竟是二人。

那年，我們在一間生意清淡得快要關門大吉的卡拉ＯＫ，唱歌唱到忘情地跳舞，一向只記今朝笑的她，和我們在那一晚對飲到飽。嘔吐時，她甚至唸著將進酒，一邊唸一邊吐。

吐完了又說：好得很，愁緒不適合我的體質，我喝進了它，它又迫不及待地從我身體脫離，情願給馬桶。

她一向是真性情。如今這場合，倒似再不與她。

「怎麼了？不開心？」我移至她身旁。

「不會呀，我還是開心的。」

「因爲見到大家？還是真的享樂？都十年的朋友了，何必壓抑自己？」

「我沒壓抑，這便是如今的我了。」

「別告訴我妳老了！」

「老？這不是最大的原因。」她想了一想又道：「只是要的少了。」

「妳從前不是這樣的。」

「或許吧！或許第一次我的確在忍耐，第二次、第三次我的確在壓抑，可是久了，那就變成自己的一部份，就變成自己的個性了，不好嗎？」

沒有不好，只是我自私地期望她和從前一樣罷了。

「我希望妳快樂的。」

她笑了笑對我說，她其實現在才懂快樂的，她真的快樂見到我們。

我再無語，只覺得悵惘。

結束了聚會，大家紛紛散去。臨別前，她突然悄悄地走到我身邊，在我耳邊說了一小段話。

「妳知道嗎？要的少，多一點事情就極易快樂。」

我看著她，她對我露出一個如從前般狡黠的笑，便消失在人海中。

我覺得她成熟了。

因爲很久沒有喝Taquila Bon，我走入了一家小店，那晚Taquila Bon的滋味，是生平喝過最好的。

可是我卻捨不得喝到完。

如何說再見

我其實是完全寫不下去的。

因爲無論我用了什麼文字，都難正確無誤地表達我的情感、我的思緒、我感受的情境。那麼，爲什麼我還要寫呢？

妳唯一一次寄來的照片，上頭除了妳，還有偶然被拍攝入鏡的陌生人。

我曾翻看過一本雜誌，有一頁拍的是街角一隅，還有一隻偶然經過的貓。

除了我們共同可以看到的日月星辰外，除了我們共同可以呼吸的空氣外，我猜想，輾轉也會有交連的影像吧？

或許那個陌生人和他的戀人合照，那戀人和她自己的親朋好友的相片又不巧攝進一隻貓，那貓的主人、主人的朋友、加上偶然不可預料的人物，我們之間隔著這些人，卻終究是有牽連著吧？

我能寫的，不過就是這些胡言亂語了，難言，卻只好亂以他語，真心的話，一個字也說不出口。

那時，我開口淡淡地說了些無關緊要的蠢話，內心焦急得七轉八折地尋找，汗水便替了淚水。

十多年了，如何說再見……

117 台北市羅斯福路六段142巷20弄2-3號

廣告回信
台灣北區郵政管理局登記證
北台字第10227號

大塊文化出版股份有限公司 收

地址：____市／縣____鄉／鎮／市／區______路／街____段____巷

____弄____號____樓

姓名：

請沿虛線撕下後對折裝訂寄回，謝謝！

大塊
LOCUS
文化

編號：CA010 書名：在地球表面漫步

大塊 LOCUS 文化

讀者回函卡

謝謝您購買這本書，爲了加強對您的服務，請您詳細塡寫本卡各欄，寄回大塊出版 (免附回郵) 即可不定期收到本公司最新的出版資訊，並享受我們提供的各種優待。

姓名：＿＿＿＿＿＿＿＿＿＿ **身分證字號**：＿＿＿＿＿＿＿＿＿＿

住址：＿＿＿＿＿＿＿＿＿＿＿＿＿＿＿＿＿＿＿＿

聯絡電話：(O)＿＿＿＿＿＿＿＿＿＿ (H)＿＿＿＿＿＿＿＿＿＿

出生日期：＿＿＿＿年＿＿＿月＿＿＿日

學歷：1.□高中及高中以下 2.□專科與大學 3.□研究所以上

職業：1.□學生 2.□資訊業 3.□工 4.□商 5.□服務業 6.□軍警公教 7.□自由業及專業 8.□其他＿＿＿＿

從何處得知本書：1.□逛書店 2.□報紙廣告 3.□雜誌廣告 4.□新聞報導 5.□親友介紹 6.□公車廣告 7.□廣播節目8.□書訊 9.□廣告信函 10.□其他＿＿＿＿＿＿

您購買過我們那些系列的書：

1.□Touch系列 2.□Mark系列 3.□Smile系列 4.□catch系列

閱讀嗜好：

1.□財經 2.□企管 3.□心理 4.□勵志 5.□社會人文 6.□自然科學 7.□傳記 8.□音樂藝術 9.□文學 10.□保健 11.□漫畫 12.□其他＿＿＿

對我們的建議：＿＿＿＿＿＿＿＿＿＿＿＿＿＿＿＿＿＿＿＿

＿＿＿＿＿＿＿＿＿＿＿＿＿＿＿＿＿＿＿＿＿＿＿＿＿＿＿＿

＿＿＿＿＿＿＿＿＿＿＿＿＿＿＿＿＿＿＿＿＿＿＿＿＿＿＿＿

國家圖書館出版品預行編目資料

在地球表面漫步 / 張妙如著. -- 初版. --
臺北市：大塊文化，1997 [民86]
面；　公分. -- (Catch；10)

ISBN 957-8468-31-8(平裝)

855　　　　86012625

甜美、香濃、醇苦、滑潤、細膩……
分享心靈的私密時光，歡慶生命，做個女人

KAY ALLENBAUGH編
洪國鈞／蔡珮瑜／何修宜 譯

Chocolate for a Woman's Soul

給女人靈魂的巧克力

女人寫給女人，77則讓夢想起飛的故事

心靈深呼吸

人生，充滿喘不過氣的壓力時刻，
這裡，有100扇讓你透氣的窗戶。

王映月 著

smile

人的心，
是一切感覺與情緒的源頭，
但若對心了解得不夠，
或控制得不好，
不僅易讓自己不得安寧，
甚且阻礙了我們
認識自己與外在世界。
然而，
改變往往只在一念之間，
如果我們能以理性稍加節檢，
停下來想一想，
立刻海闊天空，
由皺眉轉微笑。

穿著睡衣賺錢的女人

我是酷酷SOHO族

作者◎Migi

Migi，你可以說她是穿著睡衣賺錢的女人，也可以說她是穿著睡衣實現理想的女人，當然，她的工作和睡衣沒什麼關係，倒是和電腦關係密切。所以，你也可以說她是靠著電腦賺錢的女人。其實，書名叫什麼不甚重要，重要的是她真的賺錢了，而且，她要把成功的祕密告訴你！想做老闆嗎？想開公司嗎？膽子夠大嗎？請看Migi現身說法，教你如何做個成功的網路酷酷SOHO族。

SOHO

Small Office,Home Office

http/www.migi.com.tw

smile

黑鳥麗子白書

日本偶像劇「男生女生配」

跟我說愛我

東京仙履奇緣

101次求婚

無家的小孩

東京愛情故事

一個屋簷下

愛情白皮書

長假

黑鳥麗子一著

小茜茜心靈手札

韓以茜　創作・繪圖

無敵幸運星的青春交換術

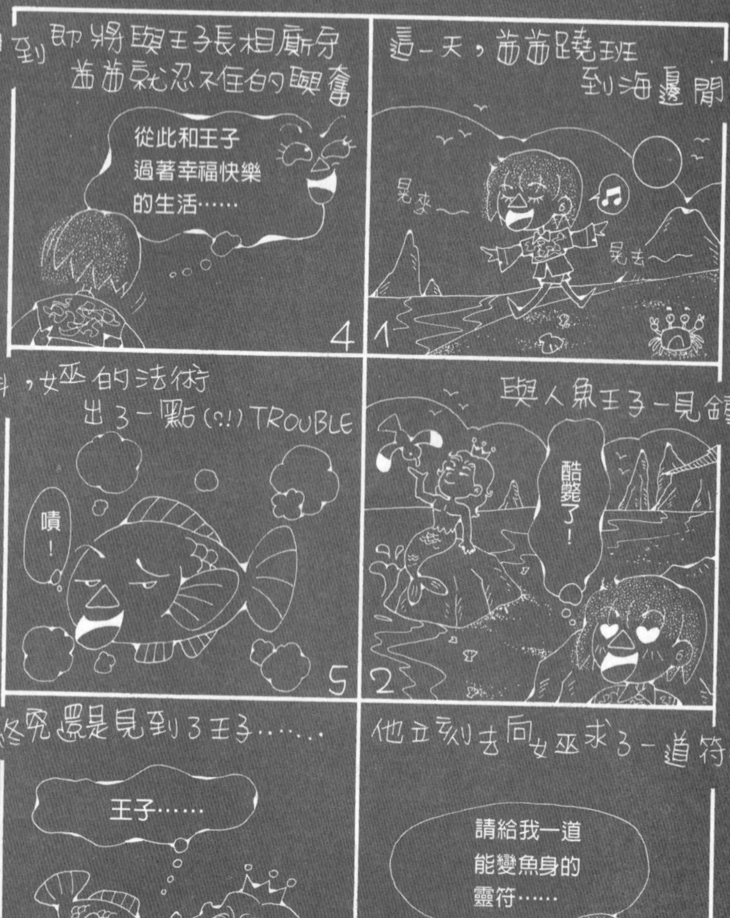

（三天後，茜茜FISH被捕至魚市販售………。）

………書中還有更精彩的喔！

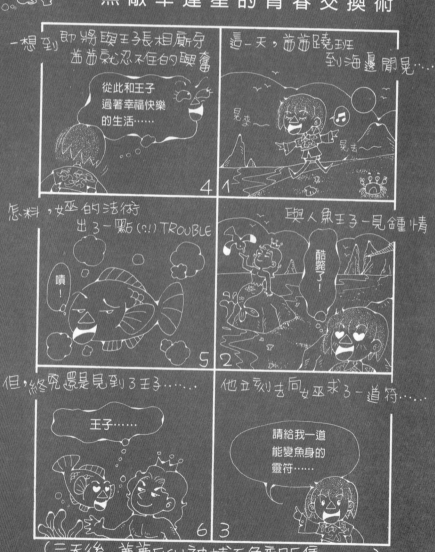

LOCUS

LOCUS

LOCUS

LOCUS